# ピエール・ルヴェルディ詩集

ピエール・ルヴェルディ
佐々木 洋 [編,訳]

Les Œuvres Choisies de Pierre Reverdy

Pierre Reverdy

七月堂

詩は人生のなかにも事物のなかにもない
――それはあなたがそこから創り出すものであり、
そしてそこに書き加えるものである。

『私の航海日誌』

Pierre Reverdy
1889-1960

# 目次

# ピエール・ルヴェルディ詩集

# 散文詩集

# 詩人たち

彼の頭はおそるおそるランプシェードの下に避難していた。彼は蒼ざめて、その目は赤らんでいる。全く動かない音楽家がいる。彼は眠っている。その切り離されたれた手がヴァイオリンを弾いている。彼に貧困を忘れさせるために。どこにも通じない階段が家の周りをよじ登っている。そのうえ、その家にはドアも窓もない。屋根の上で影たちが揺れ動いているのが見える。そして彼らは虚空の中に身を投げる。それはひとつひとつ落ちるが、しかし死にはしない。急いで階段を再び上って、またやり始める。いつまでも音楽家に魅了されて。いつもヴァイオリンを弾いているが、その手はそれを聴いてはいない音楽家に。

*Les poètes*

# 旅人とその影

とても暑かったので彼は道を駈けながら全ての服を一枚一枚脱ぎ捨てていった。彼はそれを茂みに掛けたままにしていった。そして裸になったとき、彼はすでにその町に近づいていた。巨大な恥辱が彼の心を占め、彼が町に入るのを妨げた。彼は裸で、どうしてそれが人の視線を集めないことがあろうか？

それから彼は町の周囲を廻り、反対側の門から入った。最初に通ったときに自分を保護してくれた自らの影の場所に、彼はすでに取って替わっていたのだ。

*Le voyageur et son ombre*

# 満天の星

私はおそらく鍵を失くしてしまったのだろう。皆が私の周りで笑い、それぞれが己の首に吊り下げられた巨大な鍵を私に見せる。私はどこかに入るための道具を何も持たないただ一人の者。彼らは皆いなくなり、閉じられた扉が通りをより淋しくする。誰もいない。私はあらゆる場所の扉を叩いていくだろう。

罵詈雑言が窓という窓から迸り出る。そこで私は遠ざかる。

それから、街から少し離れた所で、川と森の縁で、私は一つの扉を見つけた。簡素な格子戸で、錠は付いていなかった。私はその背後に自分の身を置いた。そして窓はないが幅広のカーテンのある夜の下で、私を守ってくれる森と川の間で、眠ることができたのだ。

*Belle étoile*

## 前線

廃墟が震える城壁の上で、太鼓の木霊が聞こえる。太鼓はすでに疲れ果てていた。昨日のものたちが、いまだに互いに応え合っている。

夜が終わり、騒音が夢と、傷が血を流している剥き出しの額を一掃する。

煙のただ中で男たちは道に迷い、そして太陽はすでに地平線を貫いている。

誰が勝利の鐘を鳴らすのだ？倒れた者たちのために突撃の太鼓が鳴る。

トランペットが戦車中隊のぼろきれを再び寄せ集める。そして煙が、もはや蹄が地面に付いていない馬たち支える。

しかしそれらを絵に描いていただろう人は、もはやそこには居なかった。

*Front de battaille*

# 行列

最初の者たちが行き過ぎてしまい、人々がまだ待っていたとき。

一つの声が立ち上り君に警告する。

最後の者たちが行き過ぎ、そしてもうこれ以上何も聞こえないとき。

誰が君にそこにまだ留まるように言ったのだ?

最後の星は朝に抵抗し、そして君はもう埃以外何も見ることができなかった。君の足の下にはもはや埃しかなかった。

遠くで、そしてあらゆる場所で、そして君の靴もまた埃にまみれていた。

そして今夜　多くの問いが君を悩ませる。

君は問いたちが行き過ぎるのを見て、ここに留まる。雄鶏の鳴き声が君に警告する。
雄鶏の鳴き声かあるいは埃が、君の瞼が重くなっていることを
警告する。君の睫毛は道沿いの茂みのように
灰色だ。そろそろ寝にいく時間だ。そしておそらく君はこれらすべてを
夢の中で再び見ることだろう。

*Cortège*

# 楕円形の天窓

あの当時…

あの当時、石炭は金塊と同じくらい貴重で手に入りがたいものになっていた。私は屋根裏部屋で書いていた。そこでは雪が屋根の裂け目という裂け目から舞い落ちながら、蒼く変色していた。

*En ce temps-là…*

# 春の欠落部分

通りがかりに一度だけこの穴の前で私は
　うつむいた
誰がそこにいるのか
どんな道がこの場所で行き止まりなのか
どんな生命《いのち》が停められたのか
私には分からない

街角で樹々が震える
臆病な風が通りすぎる
水が　音もなくさざめき立つ
そして誰かが壁沿いにやって来る

その後を追いかける人

私は狂人のように走った　そして道に迷った
人気のない通りが曲がりくねる
家々の戸は閉ざされて
私はもう出て行くことはできない
しかし　誰も私を閉じ込めたりはしなかった

私は橋という橋　通路という通路を通り過ぎた
河岸では埃が私の目を眩ました

より遠くでは　あまりにも大きな沈黙が私を恐怖させた
でもすぐに　自分の行く手を尋ねられそうな人を捜し求めていた

誰かが笑っていた
しかし　誰も私の不幸を理解しようとはしなかった

少しずつ　私はこうして独りで歩くことに慣れていた
何処に行くのかも知りもせずに

知ろうと望みもせずに
そして私が道を間違えたときに
より新しい道が　私の前で煌いた

それから穴が再び開いた
いつも同じく
いつも　また透明に
そして　いつもまた明るく

かつて　私はこの空っぽの鏡を見つめていた　そしてそこには
何ひとつ見えなかった
忘れ去られた顔が　今識別された

*Les vides du printemps*

# 静止した現実

太陽がまだ家の周りをうろついていた
窓が開けられたとき

酔っ払いらはいつもそこに
しかし　夜を昇ってゆく歌は止んだ

今いかなる声が私を呼ぶのか
右側の壁の陰から　いかなる甘い声が呼ぶのか
笑いながら
男たちはそこに
眠りこけて

そして　歌を歌うのは同じ唇ではない
遠くで　女が叫び声をあげる
バルコニーの縁《へり》を　彼女の指という指が乗り超える
指は皆は細く　尖っている
そして　私が見つめるのはこの指たち
誰かが　私の名を呼ぶ間
すべての野原から　すべての道を通って
奴らがやって来る
黒い服で
灰色の服で
そして　上着を脱いでいる　他の者たち
一台の車が埃の道を埋め尽くした
家はやがて　よそ者たちで一杯になる

誰も歌わないので
男たちは目を覚ました
振り子時計が止まった
誰ひとり　動かない…
版画の上でのように
もはや　夜は存在しないだろう

それは額のない　一枚の古い写真だ

*La réalité immobile*

# 夜の労働者たち

舗道の上で鈴が夜を鳴らす。手付かずの奢侈のすべての秘密に代わって、ぼろ靴がばたばた音をたてる。その秘密が何処に身を隠しているのかは分からない。

羊の群れが、背後で沈黙している。すべての獣がそこに居る。獣らはしずしずと柵に沿って歩く。

正面では、大きなプレートが色とりどりの壁を仕切っている。低声の話が聞こえて来る。そして時折、歌をうたうために子供の声が立ち昇る。

そして夜だ。燃えるような、そして静かな生命《いのち》だ。

誰かが睡りを中断する。男が一人で側溝の間を通って行く。

不安げなこれら皆が、通りの斜面を下って行く。そして通りは彼らを外へと連れて行く。そして君は聞いている。自分のランプの光が外に漏れ出ている低窓の背後で。聞いている。物音がついえゆくのを。

陽光がゆっくりと小函の中から出て行くようだ。

*Les travailleurs de la nuit*

もう眠れない…

もう眠れない　穏やかには
いったん　目を開いてしまったからには

*On ne peut plus dormir...*

## やがて

すべてが暗い部屋の中で、過ぎ去った時がやがて戻って来るだろう。そのとき私は小さなランプを運び、そしてあなたを照らそう。漠とした身振りが明確になるだろう。私はかつて意味を持っていなかった言葉たちに意味を与えることができるだろう。そして微笑みながら眠る子供を凝視することができるだろう。

老いつつあるのが我々自身だなんて、ありうることだろうか？崩れ去る遺跡の幾つかの断片がある。それらはもはや再建されることはないであろう。また灯りのともった幾つかの窓もある。そして扉の前には己の力を知り、待っている頑健で優しい男がいる。

彼自身、自分の顔を見分けることはないだろう。

*Plus tard*

# 屋根のスレート

それぞれのスレートの上で…

屋根から滑り落ちる
それぞれのスレートの上で
誰かが
詩を
書いていた
雨樋は沢山のダイヤモンドで縁取られていた
鳥たちが　それを呑み込んだ

*Sur chaque ardoise...*

# 宿屋

瞳が閉じられる
奥で壁に押しつけられて
外へ出て行かない思考

考えは一歩一歩前に行く

もしかしたら死ぬかもしれない
両腕の間に抱いたものは消え去るかもしれない

夢

生まれたばかりの夜明けがついえる
　がちゃがちゃ言う音
開きつつある鎧戸が　それを消滅させた

　もし何もやって来なかったのなら

まだ走れるかもしれない畑がある
　尽きることない星たち
　そして通りの奥の君の影
　それは消える

何も見なかった
通り過ぎたすべてのものたちの中で　僕たちは何も掴まなかった

上昇する　かくも多くの言葉
僕たちが一度も読むことのなかった物語
　　　　　　　　　　　　　何ひとつ

出口に殺到する日々
　　とうとう騎馬行列が消滅する

あそこで　皆がトランプ遊びをしていたテーブルの間で

*Auberge*

# 文字盤

月の上に
　　一つの言葉が
　　　　刻まれていた
最も大きな文字が上に
それは瞳のように濡れて
その半分は閉じて
　　そして空が
　　　　曇る
　　重いカーテンが開けられる
音もなく
　　光がひとつ　輝く

速い光が
もう一つの微光が今現れて
私を導く

*Cadran*

## ランプシェード

テーブルの周りで
　　　　影の縁で
彼らの誰一人としてそれほど動かない
そして誰かが突然話し出す
外は寒い
　　しかしここは静かだ
そして光が彼らを結びつける
　　　　火がはじける
火花
　　手が置かれた
敷布の上でより青く

光線の背後では　読んでいる頭
　息がやっと漏れ出た
すべてが眠り込む
沈黙が長く続く
　しかしまだ留まらなければならない
窓ガラスが絵を模写している
　家族
遠くから　すべての唇は熱心なそぶりで
祈っているようだ

*Abat-jour*

# 道

敷居の上には誰もいない
　　あるいは君の影が
残るであろう想い出
道は通り過ぎる
　　そして木々はより近くで話す
背後には何があるのか
　　　　壁
　　　　　　声たち
上昇する雲たち
丁度私がそこを通り過ぎていたとき
柵に沿ってずっと

そこには　中に入ろうとしない人たち

*Route*

# 出発

地平線が身を屈める
　日はより長く
　旅
檻の中で心が跳ねる
　歌う鳥
　それは死ぬだろう
もう一つの扉が開くだろう
　廊下の奥では
　星に
　灯がともる
褐色の髪の女

# 発っていく汽車のライト

*Départ*

# 雲の切れ間

だんだん暗くなっていく
　　　　　瞳が閉じられる
平原がより明るくそびえ立つ
　空中に　ハンカチがあった
そして君はさまざまな身振りをしていた
　　　君の手が夜の袖の下からのぞいていた
私は障害を飛び越えようとしていた
　　何かが私を引きとめていた
叫びが遠くからやって来た
　　夜の背後から
そして前進するすべてのものたち

そして私がそれを避けるすべてのものたち

今でも

私は憶えている

朝が太陽で水浸しにしていた通りを

*Une éclaircie*

# 鐘の音

すべての明かりが消えた
風が歌いながら通り過ぎる
そして震える木々
動物たちは死んだ
もう誰もいない
ごらん
星たちはもう輝かない
地球はもう回らない
頭が一つ身を屈めた
髪は夜を梳きながら

立ったままの最後の鐘楼《かね》が
深夜を告げる

*Son de cloche*

# 奇跡

傾いだ頭
　湾曲した睫毛
無音の唇
ランプに火が灯った
もはや一つの名前しかない
　忘れられた
扉が開かれたとしても
私は敢えて入ろうとはしないだろう
　背後で起きていることすべて
話し声

そして　私には聞こえる
私の運命は　隣の部屋で賭けに供されていた

*Miracle*

# 先端

森のはずれで
誰かが身を隠す
音もなく近づくことができるかもしれない
虚空あるいは敵に対して
墜落しながら夜はひび割れた
二本の腕が伸ばされたままだ
影の中には見据えられた眼差し
　　　　物狂おしい雷光
　十字架に向かってより遠くまで行くために
見られたあらゆるもの
　信じられたあらゆるもの

それが旅発つもの
ここなのか他所なのか　それを知ることもなく
すべてが消え去る黒い峡谷に
あまりに近づきすぎる恐怖とともに

*Pointe*

# 秘密

空っぽの鐘
死んだ鳥たち
すべてが眠り込んだ家の中で
九時

大地は動かないままだ
誰かがため息をついているらしい
木々は微笑っているようだ
葉末という葉末で水滴が震えている
雲が一つ夜を横切る

扉の前で男が一人歌をうたう
音もなく　窓が開く

*Secret*

# 獣

君は通りすがりに鎖で繋がれた動物を見る
　　　　　　　それは自らの弾みで飛び出す
生垣たちの間の流刑
　　その目は空を計測する　驚いた眼差しで
　　　　　　　　障壁に寄りかかった頭
この無限の反映に向けて
　　　　　　　　広大さ
君自身と同じくらい囚人で
倦怠は君から離れないだろう
しかし私はいつも思い出すだろう

君の眼差しを
そして　恐ろしいほど人間的な
君の声を

*Bêtes*

# 翼

乾いた息がより遠くからやって来る
黒い翼が揺れ動く
何も出発しない
曲がりくねった道で
昼間の酷い暑さが休息する
重い家が眠る
光が消える
庭では　死にかけている二本の木
抱き締め合って
一方が話す
もう一方が泣く

夜　　十一時
そして形のない鳥が飛び去った
翼があまりに短い魂
　　巣は破壊された
　冷たい空気の中を　何かが通り過ぎる
軽い音がより高く上がる
　　隠れている　用心深い夢

*Aile*

# 遊牧民

開かない扉
通り過ぎる手
遠くではグラスが割れる
ランプが煙を出す
燃え立つ火花
空はより暗い
屋根屋根の上で
何匹かの動物
その影もなしに
眼差し

暗い染み

人の入らない家

*Nomade*

# 正面

屋根の縁で
雲が踊っている
三滴の水が垂れ下がっている
雨樋から
三つの星
ダイアモンド
そしてあなたの輝く瞳が見つめている
窓ガラスの背後の太陽を
正午

*En face*

# 十字路

太陽の前で立ち止まる
　　　　墜落あるいは目覚めの後に
　時の鎧を脱ぐ
白い雲の上で休息する
そして透明なクリスタルから飲む
　　　　大気を
　　　　　光を
グラスの縁の上の光線
私の失望した手は何も捕まえない
とうとうたった一人で　私は生きてしまうだろう
最後の日の朝まで

どちらが正しい道だったのかを　言葉に教えられることもなしに

*Carrefour*

# 偽の門または肖像画

そこにじっとしている場所の中で
四本の線の間で
そこで白が遊ぶ正方形
君の頬を支えていた手
月
明かりの灯った顔
別人の横顔
しかし君の瞳
私は自分を導くランプの後についていく
湿った瞼の上の指
真ん中では

涙がこの空間をこぼれている
四本の線の間に
ひとつの鏡

*Fausse porte ou portrait*

# 忍耐

立ちのぼる声が地平線で震える
森の空き地では全てが穏やかだ
立ち去って行く人たちが行き過ぎるのが見えるだろう
轍のないこの道の上で
どこからやってきたのか　分からない人
内部で　人々が見つめる
より生き生きとした手が通り過ぎる
その　目には見えない手の上で
言葉は音よりも重い
　　言葉は落ちる
瞼が小刻みに震える

この口調で小声で人が話した
そして新しい星が昇る
希望が輝く
扉が動く
向かいの木が身を屈めた
壁は限りなく長く続く
私の頭の中には明確なものは何もない
黒光りする歩道の上で
立ち止まるのは　いつも同じ奴

*Patience*

# 想い出

ほんの少しして
僕は戻って来た
通り過ぎる人たちから　僕は何もつかまなかった
一点
広がった空
そして最後の瞬間に
通り過ぎるライト
聞こえる足音
歩いているすべての人々の中で　誰かが立ち止まる
皆を行かせる

そして中にあるもの
ダンスする光
そして伸びる影
もっとひろがりが
前方を見れば
元気な動物が跳びはねる檻
乳房と腕は　同じ仕草をしていた
女が一人　笑っていた
頭をのけぞらせ
そして僕らを誰かと取り違えた人
僕らは皆で三人で　それを知らずにいた
そして僕らはすでに創っていた
憧れでいっぱいの世界を

# 蒼い棒

隅っこで引っくり返された破片
　もう何も残っていない
　　壁たち　そして三角形

しかし
　我らを支える希望
手の中につかんだ物
　夜が明ける
　　そして　よりましに歩くことができる
通りは青で天蓋を張られて
　そして我らの計画には限りがなく
時が過ぎ行くのは見えない

時は　より速く進む
大気の中で
右に曲がるのかどうか　分かりもせずに
それとも　左にか

*Barre d'azur*

# 描かれた星たち

# 内的な運動

彼の緋色の顔が彼が独りで居る部屋を照らし出す。鏡の中で動く横顔とともに孤独で。これは本当に自分自身なのだろうか?もしかしたらこれは誰か他の人の瞳ではないのか?彼はこうしたことを恐れはしないだろう。彼の足は付くべき床を失っている。そして彼は哄笑とともに歩む。彼はこの頭が話していると思っている。――彼の前に居る頭が。酔っ払って、目を見開いて。天井が低くなり、壁が破裂し、それで彼は笑う。彼は腹を熱くする炎に笑う。自分の心臓のように拍動する柱時計に笑う。部屋は転がる。――そのマストが、より強い風が吹くなら軋むだろうこの船。そして自分が落下することを知ることもなく、自分が眠ることになるだろうベッドの上で、彼は波が自分を運んで行ってくれることをまたしても夢見ているのだと思う。あまりにも遠くへ。目覚まし時計の愚かな笑いと扉の不安な動き以外、もう何もないのだが。 *Mouvement interne*

# 暴動

叫びながら群衆はより早く下っていった。奴らは皆奥から、木々の背後から、額縁の木の背後から、家の中からやって来ていた。それぞれの白い顔に生き生きした眼差しがあった。——そして彼らの足跡から、より重い言葉が消え去った。一番暗い隅からやって来た音に、すべてが止まった。皆が止まった。その目が城壁の方を向いていた者でさえ。それから、風のせいで、タペストリーと織物の花々が動いた。

*Tumulte*

# 縊り縄

# 曇り空

私はいる　雲の
　　雪の
　　　あるいは煙のただ中に
日の輝きは自らの騒音をたてる
　　　　　　　　ばたつく窓が
　　　　　　　　　隅っこの壁を開く
瞼はまどろむ
　　　　　　　そしてすでに伏せられた目
　　　より遠くでは
通り過ぎる大風が落ちたはずの
　　　回り道の上では

大気を　雪を煙を
転がしながら
太陽のいくつかのかけら
そして大地の重さ
ほとんど持ち上げられずに

*Temps couvert*

# 乾いた舌

釘がそこに
　斜面を引き止めて
昇《あ》がった風に明るいぼろきれ　それは吐息
　　そして理解する人
　すべての道は裸だ
舗石　歩道　距離　手摺りは
　　白い
　雨は一滴も降らず
木の葉は一枚もなく
服の影もなく
　　私は待っている

駅は遠い
しかし川が遡りながら埠頭から流れる
大地は乾く
すべては裸で　すべては白い
時計のたった一つの調子の狂った動きとともに
汽車の音が過ぎ去る
私は待っている

*La langue sèche*

# 大自然

# この想い出

私は君を見た
私は奥で　壁の前で君を見た
私は壁の上の　君の影の穴を見た
まだ砂が残っていた
そして君の裸足
もう立ち止まることのなかった君の足跡
どのようにして私は君を知ったのだろうか
空がすべての背景　すべての空間を繋ぎとめていた
下では　僅かばかりの地面が太陽にきらめいていた
まだ少しの場所が
そして海が

星が水から上がって来た
大型船が低く飛びながら通り過ぎていった
鳥
潮がそこからやって来る　水平線のライン
波たちが笑いながら息絶えた
すべては続く
時が何処で果てるだろうか　誰も知らない
そして夜も
すべては風に消される
別なふうに歌が歌われる
別な訛りで話が語られる
私はいつも生き生きとしていた瞳を覚えている
そして部屋の中で時を告げていた振り子時計を
一時間遅れて

眠らなかった夜の後にやって来る緑色の朝
澄んだ水と　別な叫び声の陽気な小川がある
扉の前では　消え去る影法師
光の中の顔
そして生き
目覚める　すべての者たちのただ中で
同じ　ただ一つの声が残っている
私の耳の中で

*Ce souvenir*

私はすべてに執着していた

大気の仕切りの中で　足音が聞いていた
鳥たちが私の頭上を廻っている
その輪は長く残りはしないだろう
しかし小径の奥で　扉が開いた
誰かが低声で歌う
通り過ぎる人たちは
聞いてはいない

もし君の目が空中を見つめるなら

誰も屋根裏部屋か天井桟敷の階段より

より高くには行かないだろう
時は剥げ落ちる
私の影が少しずつ大きくなった部屋の中で
鐘が通行人を呼ぶ
立ち去ってゆく人々と　帰ってくる人々を
人は聞かないことを望むだろう
しかしすぐにまた出発しなければならないだろう
いつも眠っていることはできない
通り過ぎる時を忘れ
やって来る者を知ることは…
あらん限りの声で叫ばれた一つの名が
体を持たない見知らぬ一つの貌《かお》を
君の窓の下で見つめている
人気のない通り

開いた扉
夢見られたすべての宝
私の自由もまた
私の背後　舗石の上で
音もなく鎖が垂れ下がる

*Je tenais à tout*

# 明るい冬

私が時を過ごした場所の　皺の寄った金色の空間
下降する炎の十二月の寝台《ねだい》の中で
城壁の上に投げ出された　空の垣根
そして吹き消そうとする大気の中の　凍った星たち
私の頭は北風を受けて通り過ぎる
そして退色した色たち
標識についていく水
驟雨の畑の中で　再び見出されたすべての肉体
そして戻ってきた顔たち
朝の火床の青い炎の前では
掌が音をたて　涙の火に瞳が輝く

この鎖の周りでは
そして心の輪たちが一つの光環の下　覆い隠す
降りてくる夜の中で砕かれた硬い光線を

*Clair hiver*

# はね返るボール

# 閉ざされた畑

*Champ clos*

空っぽの部屋の上に光輪があった。根っこまで屋根の房べりを縁取る植物、そして金色の木の葉でさえ影を運び来る。

四番目の壁がより遠くへ行く。カーテンがため息をつく角よりもより遠くへ。黒い夜と工場の揺れ動く煙よりもより高く。誰かが空っぽの部屋の側で歌をうたう、星の近くの屋根に向かって。

月ではないひとつの光輪、ランプではないひとつの光がある。しかし暗い地面の上には黒い正方形。

そしてこの黒い正方形、空っぽの部屋。

# 終わった男

夕暮れに、雨と夜の危険を通り抜けて、彼は自分の定かならぬ影と自分を苦しめるすべての者たちを連れ歩く。

最初の出会いに彼は震える。――絶望に対してどこに逃げ込んだらよいのだろうか？

枝々を仕置きする風の中を群衆がうろつき、空の親玉が恐ろしい目つきで彼を追いかける。

看板が軋る。――恐怖。どこかで扉が動き、上方では鎧戸が壁に当たり音をたてる。彼は走る、しかし黒い天使を運んでいた翼たちが彼を打ち捨てる。

それから終わりのない廻廊で、夜に荒らされた野原で、精神がぶつかり合う暗い境界線の中で、思いがけない声たちが仕切りという仕切りをくぐり抜け、描く打ち立てられた観念がぐらつき、不可解な死の鐘が、鳴り響く。 *Un homme fini*

# 星々の通りの果てで

眼鏡が空の新しい形の中にしっかりと刻み込まれる。二つの人影は見つめるために近づいたのか？月と太陽は距離を保ちながら、待っている。しかし時刻はかつてより、より重くより長く落ちている。それから、閉じる瞼と通り過ぎる雲たち。かくも長い間歩いている我々のために、一瞬の静寂と休息。とある標識で、赤い爪をした、より繊細な手が、陽を遮っていたカーテンを持ち上げる。そして眠っている光線が見える。草の上を漂う水。数。そして誰も歩かない、大きな黒いマントの中に覆われた通りが、時折、移動する。

*Au bout de la rue des astres*

# 時は過ぎ去る

空の中で灯がともった一番星は、すでに小屋のガラス窓の上に映っている。あまりにも長い道をやってきた旅人は、座るための石もなく、広大すぎる夜と、かくも遠くからやって来た音たちから身を隠すための一本の木もなく、恐怖の曖昧な脅威を前に逃走した。

彼には空間以外に他のどんな隠れ家も見つからなかった。光は少しずつ降りていた。十字架の角度に、磔刑像のてっぺんで、そして上昇する道がそこで始まる十字路の溝の中で崩落する荒れ果てた歩みに向かって。彼は長い間そこに留まっていたもう一人の歩みの、光輝く足跡を見ていた。待っているのに、いつも不在の人。

*Le temps passe*

# 苦悩

さだかならぬ言葉が、夜の中を立ち上る。両手は光に向けて差しのべられたままだ。誰かが死を恐れている部屋の中で、扉は再び閉められ、もう何のものの音も聞こえて来ない。影の住人には祈りは未知なるものだ。そして彼らの唇は、彼らの心と同様におし黙ったままだ。

通りから、穏やかなささやきが上って来る。夕べは生ぬるい。それから希望が再生する。しかし、あまりに狭い壁たちが身をすり寄せる。壁はこれらの数の意味深い痕跡を末長く留めることだろう。そしてまた、幾人かの人にとっては、その名前さえも。

*L'angoisse*

# この世の者でないとき

嵐が続いていた間中、誰かが木陰で話していた。彼の指がテーブルクロスの上でなぞる光の周りで、よく見つめれば、大きな黒い文字が見られただろう。少しして、それは別の口調だった。そして壁の色は変わった。声は背後からやって来るように思われた。果たしてそれが壁なのか、つい立てなのか誰にも分からなかった。文字は消えた。あるいはむしろ集まって、判読できない奇妙な名前を作り上げていた。

*Quand on n'est pas de ce monde*

# 炎

*Flammes*

水と、月の光が、穏やかに彼の瞳の中を流れていた。

夜の最後の通行人が、舗石の上に己の睡りの荷を引きずっていた。色彩が物音に入り混じる。坂の上から、夢の車が、閃光と共に滑り落ちる。影たちが消える荒れ果てた畑の中で、一頭の馬が、火花散る垣根を飛び越えた。夜のスカーフが青い騎士の鐙にひっかかる。まぼろしの群衆が、向かいの舗道に殺到する。ポスターの想像上の人物たちがその後を追いかける、雨に濡れた壁の反映のただ中で。

# 触れられない現実

彼は空のただ中を、目を伏せて歩いていた。他の通行人が彼を見つめていた。少し先で、窓のところでは、首たちがぶら下がっていた。そして、夜が過ぎ去ると、月が置き忘れた白いかたちが、活気づいた。群衆は叫んでいた。少なくとも互いの姿を認め合っていた者たちはすべて。陽は断片として町のすべての通りに運ばれた。そして、人々と自動車の波に入り混じって、風の髪毛が壁の間に呑み込まれ、絡み合っていた。皆が何処へ行くのかも知らずに走っていた。舗石は瞳をこらしていた。地平。陽は時折、人目に触れることなく入ってきた。その動きは最後の家々を縁取っている溝にまで及んでいた。そして、その向こうに、再び平らな土地が見出された。静寂。動かない影たち。それから太陽が、誰にも触れられもせず、捕まえられもせずに、自らの思いのままに、あらゆる場所で復位していた。

*La réalité impalpable*

# 海の刻

近寄るな！波頭の上、月の水泡に押し流されて、大気はまだしばし燃え上がっていた。水夫らは夜を拡げながら、帆布とともに歌っている。東洋は岸壁の硬い石の上、己の神秘をさらけ出す。水夫の瞳は数々の覚束ない像に満たされて、その思い出は、しっかりとした袋の中にある。燈台、廻る低い星。隔たった幻が接近し合う。邦々が風光に入り混じる。哨舎に釘付けられて、税関吏が睡りに落ちる。それから、彼の影はついえ去る。通りがかりに、建築たちが夜の深みに沈み込む。炎の最後の煌めきを曳きずりながら。太陽が迸る。マストというマストは伸び、拡がる。波は飽きもせずに、星々の袋をあおっている。そして水沫が星の反映とともに踊っている。

*Temps de mer*

# 港

長い通り、灰色の空、そして最上階では、手摺りに沿って上っていくより蒼ざめた顔たち。小さな家がとても上手に別荘風を気取っている。通りは深い壁たちの間に沈み込む。橋のはずれで、燈台が廻っている。突堤が、水の周りにその腕を拡げる。月がゆっくりと星々を飲み下す。そして、光に満ちた水泡。川舟のサイレンが、窓を開いたホテルの前で、カーテンというカーテンを引き裂く。そして旅人たちは皆、出発を待っている。水夫が幾人か、街灯と一緒に踊っている。港の岩礁の中から音楽が聴こえる。それから少しして、うず潮が移動する。そして三角帆が、陽光をひろげながら、進んで来る。

*Port*

# 風の泉

# 曲がりくねった道

天気の中には埃の恐ろしい灰色がある
強い翼のある南風
転覆する夕べの中の　水の定かならぬ木霊たち
そして曲がり角から迸り出た　濡れた夜の中では
　繰りごとを言うざらざらした声たち
舌の上には灰の味
小径の中にはオルガンの音
縦揺れする心の船
仕事のあらゆる破綻
砂漠の火が一つ一つ消えるとき
瞳が草の若茎のように

濡れるとき

露が木の葉の上で剥き出しの足を下るとき
やっと昇ったばかりの朝
隠れた道の中で失われた住所を
探している人がいる
錆の落ちた星たちと花々とは転げ落ちる
折れた枝々を通して
そして暗い小川が　その剥がれかけた柔らかい唇を拭う
計算する文字盤の上の歩行者の歩みが
動きを調整し　地平を押しやるとき
すべての叫びは通り過ぎ　すべての時は出会う
そして私は目を光線の中に入れて　空を歩く
虚無のための音　そして頭の中の名前たち
生き生きとした顔たち

世界で起きたことのすべて
そして　私が時間を浪費した
この祭り

*Chemin tournant*

# 言葉が降りる

すべてのひなげし　それとも　女たちの唇
　　　空に照り映える
雨が降った
子供たちはびしょ濡れだ　舗道の上
そして通りの波
ろうと型の街

横顔から　一日が夕陽へと滑りゆく
舗石がくり抜かれる
そして風の音に
怯えきった獣達は

去《い》ってしまう
　互いの名を呼び合い

バルコニーで　硝子が震える
　　―― 一瞬 ――
熱を出す家
五時
曲がり角に滲み入る夜を除けば
祈っている　木々

*La parole descend*

# 眺め

同じ車が
私を連れ去ったのか
　　私には何処からお前がやってきたのか分かる
　　お前は頭《こうべ》を廻らす
真夜中が
月の上で
時鐘を打ち終える
　　街角では
　　何もかもが裏返されて
私はその顔を見た
その手さえ

最後の星は
庭の中
最初の星のように
人は明日を思う
しかし彼らは何処で死ぬのだろう
そのことを考えもせずに
壁が消え去るとき
空は落ちて来るだろう

*Perspective*

# むこうへ

通路には
　　足跡がない
　　　頭が行く
石の上には気流
　小川の中でより速く
　　そしていつも　より低く
聾の音が鳴り響くとき
何と人は立ち上がることか
そして通り過ぎる陽が　落ちる
広場の縁で
そこで　もう一人が死ぬだろう

居合わせた人すべてが見つめる
理解することなしに
そして眼差したちは飽き
互いに磨り減り
剥がれる
瞳がすべる
もう一つの場所へ
六辻で
僕らの歩みの停止
おそらく　もっと遠くへ行けるだろう
だが　誰も敢えては行こうとはしない

*Au-delà*

# 金の角

メタルの車輪の下
　オレンジの通路
ふるえる暁の下の弓
　そして　水晶のきらめき
焰が樹皮で息づくとき
　失くした刻《とき》
　そして声たちの木霊に
満たされた溝の近くで
すべての縁石のため
　太陽光線
たった一つの顔

そして　空のすべての水
引き裂かれた平野
しめった絨毯
急いた足どり
雨を放つ　灰色の大気の中
差し伸べられた手の甲のしずく
頂きを縁取る空で　砕かれた輪郭
そして屋根の煙
髪毛
風のかたち

# 何という変わり方

何と僕らにこの話が語られることか
　何と起きたことが僕らに話されることか
何と彼以外の誰も　もうこれ以上話をしないことか
　彼は笑う
通りは暗い
夜は穏やかに訪れる
　そして精神は身をゆだねる
　別の動きに
奥では　石の山に跪いて
　そして縛られた両手
　責め苛まれた心を

赦す　すべての人たち
彼らは皆　まだあそこ　後ろで
星が散りばめられた眼差し
取り違えられた　すべての名前
息を塞がれた笑い
失われた数
とうとう手荒な風がそれらを皆撒き散らした
そして彼はただ一人　木霊のない影の中を行く
彼は空　壁　大地　水を見つめていた
歴史　悔恨
すべてが忘れられた
もはや何一つ同じではない
角で　彼が振り向いたとき

# 時計の前に

誰かが降りてゆくようだ
　夜は　昇ってゆく
犬たちは大通りに
男たちは　遅れている
　色褪せた灰色の紙
　滑走する車たち
もの音は壁の中　そこで太陽は燃え尽きる
すべての生き物は滅び去る　並木道の奥で
誰かが歌を聴いていた　ほんの少し前のこと
　通りが三つ結びつき　お前の腕になる
　そして　お前は死ぬ

## 街

数限りない音に充たされた
　幾つもの鐘の音
黄金の宝石
　広場の耳と言う耳が
聴いている　真向かいの家の中で
　ささやかれている話を
そして私　私は睡る
石の上に　心を横たえ
　クッションの下に腕をひそめて
一つの祈りを探しながら
　幕降ろす　ために

# つま先立って

私の十本の指の間には
　　もう　何も残っていない
消える　一つの影
　　　中央では
　　　　足音
高すぎる声を押し殺さなければならない
呻いていた　死ななかった
急いで行き過ぎた声
この素晴らしい躍動を阻んだのはお前
　希望　そして私の矜り
　　風の中を通り過ぎていった

葉という葉は散った
　鳥たちが水滴を
　　数えている間
ランプが　帳の陰で消えていた
あまり急いで行ってはならない
大きすぎる音を立てて　すべてを壊してしまうことを怖れて

*Sur la pointe des pieds*

# 果てのない旅

背後から見られた人たちはすべて　歌いながら遠ざかっていった
小川に沿って　彼らが通り過ぎるのが見えた
そこでは　葦でさえもが自らの祈りを繰り返していた
鳥たちがより強く　より遠くへ　再び繰り返すその祈り
彼らは最初にやって来て　そして立ち去ることはないだろう
彼らが行った道は　一歩一歩数えられて
そして順々に消えていった
　　　　彼らは硬い石の上を歩いていた
野原の縁で　彼らは立ち止まった
水辺で　彼らは渇きをいやしていた
　　彼らの足は埃を舞い上げていた

そして光に縁取られた一枚のマント
この砂漠を歩きながら
立ち去った者たちすべては
そして彼らのために　今空は開かれたのだが
まだ　この世がそこで終わるであろう果てを探していた
彼らを駆り立てる風が　輪舞を続けていた
　　　　そして扉は再び閉まっていた
暗い扉
　　　　夜

# ゆれ動く風景

起立した
歌はより高く

　　出発だ
空は安堵した顔つきになった
　　何時なのか知ることはできるのか
いかなる限界も固定されはいない
大地を横切ることができるだろう
決して止まることなしに

夜

野原は延びる
一つの光がやって来る
穴
破れる空
すべてが乾いた音をたてて崩れる
そして　もう何も聞こえない
一人の通行人
星が一つ落下する
そして　それを見つめる他の星たち
月が樹々の上で　その首をねじ曲げる

*Mouvant paysage*

# またしても愛

私はもはや　あの夕べの大きな鉢へと旅立ちたくない
一番身近な影たちの凍りついた手を　握りたくはない
私はもう　この絶望の空から逃れることもできない
沖で私を待つ大きな輪に　達することもできない
けれども　私が行くのはあの形のない貌《かお》へ向けて
常に私を閉じ込める　あの流動する線へ向けてだ
私の瞳が覚束なさの中でなぞる　あの線
あの入り組んだ景色　あの神秘的な日々
灰色の空の覆いの下を愛が通りゆくとき
夜も昼も燃える　対象を持たぬ愛
己のランプ　そして私の胸をすり減らす愛

私の胸はこんなにも疲れている
その塔の中で死んでゆくため息をつなぎ止めることに
青い彼方を　熱い邦々を　白い砂を
金がころがり　怠惰が芽ぐむ砂州を
水夫が睡りこける暖かな埠頭を　つなぎ止めることに
草を食む貪欲な太陽の下では
堅固な石を愛撫しに来る　不実な水
目を細めながらまどろむ重い思考
額の上の巻き毛の形の微かな想い出
深過ぎるベッドの中の　目覚めのない休息
翌日に延ばされた努力の坂道
掌の中を滑り落ちる空の微笑
そして何よりも　この孤独への数々の悔恨
ああ　閉じた心よ　ああ　重い心よ　ああ　深い心よ

決して　お前は苦悩に慣れることはできないだろう

*Encore l'amour*

# 旅

## 朝

振り子時計が速度を増すとき
輝く金の夜光文字盤がうごく
何という喜び
ここからの旅立ち
あそこへ
ひと筋の埃の光線
汽車は僕らを待たないだろう
ごらん　車両から　記録映画を
そして悦びを
無限は張りつめる

君は　寂しい
君を悲しくするのはどんな想い
まだ生きている老人のように
　木々は動かない
陽は落ちて　人は孤独を怖れる
生きるための光
そして　夜は僕らに近づく
　僕らは深刻な人生にいっそう近くなる
高みに登れば　いっそう寒くなる
そこはもっとよく見える場所
　心が　締めつけられる
　魂が引きこもる
薄いグラスが　割れた
到着すると人は道を忘れる

柵の陰で家が開かれる
夜に　眠りながら人は世界へ入る
　　彼が何者でもない世界へ
居なくなってしまうために　さらに　何時間かの時

# 白い石

# 単調な岸辺

人の眠らない板の上で
海岸に沿って
どこまでも続く　ペチコート
私はここにいる
そして燈台が頭《こうべ》をめぐらす
小船　それとも　流れ星
二つの天が見つめ合う
一方が笑う
地上には誰もいない
襞ひとつない　広大な貌《かお》

時鐘が鳴る
私は待つ　もう一人が　行ってしまう時を

*Rivage uni*

# 思い出

彼女が居なくなってしまうと
私が出発してしまうと
同じように朝が来るだろう　あそこで
鳥は夜を歌うにちがいない
　　　　　ここと同じく
そして風が通りすぎると
山は消える
「山の白い頂きは」
人は砂の上　岩陰に
戻るだろう
それから　もう何もない

雲がひとつ流れる
窓ごしに叫びが通る
「糸杉が柵をつくる」
空気が　塩辛い
そして　君の髪はまだ濡れている
僕らがあそこ　後ろを出発するとき
ここにはまだ　僕らを待つため
僕らの声を聞くため
誰かが居るだろう

たった一人の友が

僕らが樹の下に置いてきた影
退屈している影

# 黒い舟

おなじ舟の上には
泳いでいる目
そして　焼けただれた水平線が　前を横切る
海はより満ちて
魚たち
鳥たち
空と水の間には
この双児の海たちの間には
徹夜する思考
不安げな額で
手がひとつ　宙にリボンというリボンをつかむ

かたい叫びが湧く
そして　行方不明の旗は　風のくびきを解かれ
扉が閉まる
天気がくずれる
うずくまった橋の下　嵐が滑り込む
艦艇の帆
獣の　翼

*Bateau noir*

# 真相

私の知らぬ人
考える人
そしてお前　お前は見つけたのか
沈黙の流れていた　支えのない場所を
かつてより
強くのしかかる　この倦怠
もうひとつの光の下で
大通りの影は留まっていた
いつも　無傷で
空まで
私の家より低く

旅人の翼
祭りの終わる刻《とき》
鳥の飛翔の魂
もうひとつの　シルエット
こめかみと　帽子の間で
叫ばねばならないのか
出発しなければならないのか
錠が　きしむ
おそらく　すべてから離れて
私は眠ることができるのだろうか

*Dans le fond*

## いや何も

同じ面が　一角を閉じる
そこに自由な風がひろがる
周りで　ロープが滑る
そして　水が昇る
雨が　降りる
男がひとり　疲労で倒れる
手を伸ばすのは同じ人
誰かが庭の塀を飛び越える
空はより低く
陽は傾き
道は走る

そして　風が止む
何かが起こったのかもしれない
いや　何も

*Mais rien*

# あがく

偶然　そのそばに詩人が身を置くとき
彼が唇をメタルに近づけるとき
再び己の触手と擬音を
読み返すとき
岩壁という岩壁のカーヴに
彼は捉えるのだ　泡立つ水泡を
つむじ風を
とうとう　己のものではない
鉄の思想を
悔い改めるのは　他人だけかもしれない
太陽は地平の上をさまよい

毎日は遅れている
ロープに気球
顔
畝道
小作地の前で輝く農具
やって来る男
眠りに落ちる水
そして　この山からは
もっとも微々たる記録
故郷からとおく離れた男
傑作を持たぬ　男

*Se débattre*

# 屑鉄

## 曲がりくねった心

あまり遠くに行ってはならない
宝石は竪琴の中に取ってある
錯乱の黒い蝶たちが
考えることもなく夕陽の灰を動かす

苦い旅からやっと戻った
陳列窓の奥で放られた心の周りで
草地と牧場の舞台鼻の上で
海の前の剥き出しの貝のように

人生への愛からやっと心動かされた

私の眼差しに絡みつく眼差したち
旧《ふる》い想い出の名前のない顔たち
澱の上を浮かぶ愛のダイアモンド

私の不幸の血の心揺さぶられる秘密を
壺の奥に探しに行くために
心の根という根に手を沈めなければならない
そして私の不器用な指は壺の縁を砕く

君の目の上にこの重いカーテンを投げかける血
君の唇を震わせる未知なる感情
そして君の熱を奪い去る　あまりに過酷なこの寒さが
あらゆる隅で君の肌の亜麻布《リノン》を皺くちゃにする

私は君を愛する　影の中でしか君を見たことがないのに
そこでだけ私が見ることができる　私の夢の夜の中で
私は君を愛する　そして君はまだ数の中に入っている
夜の中で動く神秘的なかたち

なぜなら　私が真に愛するのは　水銀箔の張っていない鏡の上で
たった一度だけ行き過ぎる人
私の心を引き裂き　消え去る私の欲望の前で閉じた空の表面で
死ぬ人だから

*Le cœur tournant*

# 愛

私の心臓は己の翼でしか脈打たない
私は自分の牢獄より遠くにはいない
ああ　地平線の陰に消え去った友よ
私が耳にするのは　君たちの秘められた命だけだ
円天井の襞の下には走り過ぎた時
そして　気づかれもせず過ぎ去った想い出たち
君たちへ向けて旅発つ　君たちの頬を愛撫するだろう風に
できるのは挨拶だけ
夕べのささやきに扉を閉じ
宙を息詰まらせる夜の下に睡る
旅発ちを想うこともなく

もう二度と再び　君たちに会うこともなく
氷の中に閉ざされた友よ
足跡の間に滑り込んだ私の愛の反映よ
雲の　より明るい裏地の陰で
消えてゆく眼差しの中の太陽の渋面
恐怖と嘘で練り上げられた私の運命
数から削除された私の欲望
朝の希望の中に私が置き忘れたもの
両掌の用心深さの中に委ねたものすべて
かろうじて創られ　そして砕かれた夢たち
私たちを皆殺しにする現在の刃の下で
出発のない企ての　最も美しい残骸たち
渦巻きという渦巻きの輪郭で
己を縁取る風の激情の下

現世の沖の香に酔わされ
黒い斜面に逆らい擡げられた頭たち
もう　私には十分な光はない
十分な肌　十分な血はない
死が私の額を掻きむしる
そして　同じ物質が
私の気力の周りで　夜になると重くなる
しかし　またしてもあの幻影の焔の中には
より透明な　目覚め

## X

後ろにある
私の後をついて来る
決定的な一歩を待っている暗礁を避けるために
死ぬことなく滑る愛の脇腹の上を
いつか後戻りすることがないようにするために
君の内臓から拙く解放されたこの愛
もはや脚韻も理性もない
この眼差したち
そして私がまた描き直したい君の肖像画
情熱のない影の中には　優しい残酷な生き物
嫉妬深い夜の中に失われるこの眼差し

嫉妬の炎の切っ先で一杯のこの眼差し
大地がそれを着飾る夜のドレスの中で
君が出発する丁度その時

とおく絶望の中で
氷の中に埋められた　私の顔がある
想い出の千の炎に貫かれた心
未来の暗礁と後ろにある死
そしてあまりにも軽い君の微笑み
君と僕の
ひとつの境界線
自由な言葉たち
抑制された身振り
すべてを開くために前進した翼のある手

それから鉛色の目の詰まった横糸の中で　露見する
私がそれを治したい　途方もない傷

X

# 待機

船倉の奥　夢の切れ端の下に埋まった
眠る人の心を動かすことが　まだできるかもしれない
枝から枝へ地平を攀じ登る微光に
まだ到達することができるかもしれない

しかし君　君は砂漠の蜃気楼を
千年の雲たちの中で凍った寺院たちを　支配している
睡りの化粧が　夜の中で
とおい焔の星散りばめられた頭の中で　崩れるとき
私の鉛の怠惰は電気ショートするのを待つ
そして　矜りが頭を擡げるとき　すべてがあまりに重くのしかかる

ひとつひとつ　思考の種子が心動かされる
太陽の色香にそれぞれの岩礁が露出する
畝溝の種たちが大地を照らす
君の目の皺がつむじ風の中で旋回する

私にはもはや小道の上のどんな木々が用心するのだろうか
　分からない
私にはもはやどんな風が君の声を私に運ぶのかが分からない
大理石の円天井の下で変形された君の香り
並木道の曲がり角ごとの君の透明なシルエット
君の唇が薄明かりの中でより不器用に
　嘘をついたとき
君の瞳が曇ったとき

君の思考の奥を横切っていった焔の描線が
　凍りついた
少しずつ　悲しみの力がその限界へ達した
樅の涙でさえ
渓谷のため息でさえ
すべてが海の底と斜面の十字砲火の上を
　衰えながら進んでいた

そして　私の欲望は時の道の上を滑っていた
深淵の謎の縁で乾きながら
懐疑のクレヴァスへと放られた私のぼやけた心
時折　夕べの肩越しに何もやって来ていないかどうか
私がひどく恐れる運命から何も出て来てはいないかどうかを
見つめている　不安げな瞳

# 心臓の鼓動

おそらく　ついに棕櫚の木々の下で機械装置を
　動かせるかもしれない
影が上手く回転しない　明るい刳り形の上で
港から遠く離れて決着した　勝負の夜明けで
そこで渇きがからになり　あまりに軽い血がその波を再構成する
巨大な溝の中で
底荷のない思念が沖に出るとき
うねりが海岸の上　肩の大きな一撃で
息を弾ませた水夫たちの歌　リズムを
　押しやるとき

どうにか語を数えることが出来るかもしれない
これらの顔の壊されたすべての描線を整列させることが
出来るかもしれない
空の額の上には　努力によって過度に穿たれた
　皺たち
人の型に厳しく適合させられた
　苦痛たち
波浪の上に
これらのコルクの彫像を見なければならない
影の中で押し潰されたこれら変装した形体たち
欠陥の閃光の中の慧眼な精神が
墓の稜線の上に仮借ない未来を
　感じ取るとき
ところで誰が別の道から戻ることを考えるだろうか

誰が苦難の階段をあえて攀じ登るだろうか
ひとつの過剰な線が私の苦悩を失墜させる
より不実な眼差しに　敵対者の心が
　失われる
私の所有物の中にはもはやいかなる涙もない
神秘のぼやけた幕の上にはもはや明確な身振りもない
終わりのない道の上には黒いしるし以外何もない
そして誤りの経歴の中に失われたすべての刻《とき》

しかし　時おり喜びが　撫でさするような太陽に金の枝々を
　ひらく
一日の最初のささやきから開花した愛が
　自らの花弁を落とす
君の両手のざらつきから傷つけられた衿りに対して

君の頸をより強く締め付ける腕
私の恐ろしい性格のそれぞれの跳ね上がりに
この腕が　これからは君の腰のごつごつした
　ベルトになるだろう
君が手放すことのできないだろうベルト
君が私に為すことのできる悪事の下《もと》で
私たちの絆を編む　猶予のない力

*Les battements du cœur*

# 満杯

# 虹

硬くなった雲のアーチの下に
身をゆだねた声の音に
白い舗道とレールの上に
時の枝々を越えて
私は君の影が通りすぎるのを見た
曖昧なしるしの間を一人
動く光の描線たち
偽りの陳列窓の反映に透明になって
そして彼女は行った　彼女は行った
君は決してこんなに早く歩いたことはない
私は君の顔を憶えていた

しかし　彼女ははるかに小さかった
それから　私は他所を見た
それは　君をもう一度見つけるために
私の記憶の中を転がる　陽の木霊の中に

想い出の紐が枝々の間に引っかかっている
蒼い大気の中の木の葉が　向かい風に対して舞っている
明るい血の小川が石の下に滑り込む
同じ吸い取り紙の上には　涙と雨
それから　すべてがより濃い詰め綿の中で　衝撃のうちに混ざり合う
運命のもつれの中で　心が道を失う
いつも同じ奴が立ち止まる
いつも同じ奴が戻ってくる

太陽は消え去った
私は　より遠くを見ていた
君の足跡が埃を金で刺繍していた
そして　そこになかったすべてのもの
大地を貪り食う夕べの炎の中で

*Arc-en-ciel*

# 一滴ずつ

愛するという　この習慣
疲労の
睡りの竜巻の　蜜液
闇《くら》い平面の裂け目という裂け目で
前夜の秘密を明かさなければならないのなら
私はもう　血の重荷を怖れない
孤独が　風の尾根という尾根で
己の明かりを灯す
私は不具で　醜悪だ
溝の中　時の複式簿記の中に
身を横たえ

宿命の留針に対し
不運の打撃に対して
蒼ざめた日々の泡が　私の掌の中で弾ける
葉末という葉末で　朝のフリーズ生地の縁々で
煮えきらない命が震える
もう　私は旋回しはしない
憎悪のかたち
炎に膨れ上がった頬
飢えで破裂寸前の　窯
光り輝く愛が　苦悩の上で喘ぐとき
虚無の綱—夢の上で　踊るとき

# 死者たちの歌

# 失われた部分

私たちをほとんど進入させない回り道の中の
微笑みの献呈
決して失われることのない　もうひとつの絆の網目が
息づく体をかきたて
君の手の中で　吐息をこらえている
一枚の翼が私のこめかみで閃く
明日　私は出てゆこう
そして　脱輪した蒼い汽車の中には
想い出の葉という葉
夜よりも低いランプ
癒すことのできない恨み

すべては夢想の数を数えあげることに
気に入られるための嘘
気弱になりもせずに
二人が互いの死を知る回り道には
もはや　誰ひとりとして居はしないだろう

*Partie perdue*

# 火も炎もなく

限りない悲しみが　私を君の巻き毛へと縛りつける
君の心の巻き毛
君の額の巻き毛
私は二度と一息つくことはないだろう
逆流に置かれた私の走行で
血管の果てのない回路の中で
君の両手の翼の許しのない　飛翔の中で
私はまだ　君に言い終えていなかった
窓を閉じられた離れの部屋
酒倉の　香りのない空気
階段を上がるごとの滝の音

そして　戸口には人影ひとつなく
不毛な土地の家　いつも陽光とてなく
たとえ君に会えるとしても
たとえ両のこめかみの厚みを通して　君の声を聞けるとしても
鳴り響いているのは　君の声ではない
私の瞳の底にあるのは　君の横顔ではない
しかし　より遠くにある焔が　その枝々を擡げてゆく
氷河が夜に　己のダイヤモンドを撒き散らす
私たちを隔てる　折り目のない夜
夕陽の遺灰から昇った　忍耐強い夜

*Ni feu ni flamme*

# 二重鍵をかけて

祭りの喚声から　祭りのどよめきから
私は　ずいぶんと離れてしまった
泡立つ水車は逆にまわる
泉の嗚咽は　停止する
月の広々とした浜辺の上
裂け目のない　なまぬるく窮屈なひろがりの中
時は苦しげに滑り落ちた
ランプの暈《かさ》の穏やかな砂原の上
私は　腕を枕に眠る
泥の舗道を狩り立てられた
怖ろしい刻《とき》　無情の刻

盃《さかずき》を拒んだ透明なサーカスから遠く離れて
懶惰から生まれる澄んだ歌声から遠く離れて
歯の間をこぼれる　笑いの激しい乱戦の中
君の根という根を戦《おのの》く　萎れた苦悶
私は選ぶ　死を　忘却を　威厳を
愛するものたち全てを数え上げるとき　私は本当に遠くにいる

*A double tour*

# 鉄の健康

ありきたりの
ぼやけた体温《ねつ》の反射
鏡の戯れの中で　私は私でしかない
時おり　夕暮れの近づく頃　私の欲情をかき立て
ひとつの漂着物を打ち上げる浪
それは透明な泉の　歌う正方形
不安げな獣の瞳
すばやい　這いずり
視線のシャッター音の前に整列した恐慌
そして　すべての不幸が私の頭上で崩れ落ちる
私は時のすき間にもぐり込む

毎日の足どりの中で　傷痕が輝く
私の運命はすべて　偶然のひと縒りに織られるまま
蜜蜂たちの笑いに襞つけられた陽光の中で
私の場所は　反目した円環の高さに
絶望の叫び
私の遭難の合図
航行不能の帆
夜の　骸骨

*Santé de fer*

# 過度に

世界は私の牢獄だ
私が愛する者から遠くにいるとしても
お前はそれほど遠くにはいない　地平の格子よ
苦悩でひび割れた地面の上
あまりに空虚な空の中には
愛　そして自由
ひとつの顔が
かつて死の一部だった硬い物たちを
輝かせ　温め直す
その顔つきから
それらの身振り　その声から始まり

話しているのは私自身でしかない
鳴り響き　そして拍動する私の心臓
暖炉の衝立　優しいランプシェード
夜の馴染みの壁の間では
偽りの孤独でうっとりしている円
光輝く反映たちの束《ビーム》
後悔
これらすべての時の残滓《かけら》たちが暖炉で弾ける
またしても　引き裂かれるひとつの面
点呼に応じないひとつの行為
死にゆく男のもとには
取るべきものはほとんど残っていない

# 垂直に

部屋という部屋で轟く稲妻に
唸りを上げ　収穫物を解く鈍い響きに
溢れ出す　秘められた真実の中に
私は君の甘い気弱さを認めた
君の額を取り囲む　器具のない情熱
木のように膨れ上がった男
その枝々を折り畳んだ川
逆流させられた樹液
涸れた泉
君が記憶のざわめきの中を歩くとき
熱のない息が　溝の勾配に逆らい

嵐よりもひくく落下する
いつも　境界線の向こうに行くことを目ざして
表面の夜
そして　手元の火
私は　君の耳ざわりな声
石の言葉を　聞き分ける
灰の下で　精気のない顔
空っぽの目には　救いのない矢
踊る炎
不運のひび割れのない奈落への
決定的な　墜落

## ほろ酔い加減の頭

彼は炭火の上を素足で歩く
彼はむら雲の中に外泊する
水たまりの間で一日は味気ない
声のない橋々に沿って
くずれた　手摺り
己の手足に手を焼いている　優しい相棒
風の中の大きな引き網には　虚弱《ひよわ》な友
彼は区域を行き　深淵上を滑る
水源を遡るほの暗い川のように
血の輪の中に閉じ込められた流れ
棘のない悲しみが　己の地平を光輪で囲む

波の下で肌が戦く
己の泡立つの両手の間で　彼は影を切り分ける
雪解けの　荒い風
葉という葉を逆立てる春のため息が
草原の腹を震え上がらせる
多くの気違いじみた情熱に星散りばめられた心
命への通路に夢中になった　舳先の正面
暴風のままに　ほどける巻き毛
鏡の中では　炎は決して静まらない
灯りが消える時には　どんな反映ももちはしない
君の唇から解き放たれた　とぎれがちの言葉たちが
その語たちが　虚空の中を突風となって疾《はし》ってゆく
しかし　それを語る間はほとんどない
どんな罠も　それを留めることはできない

*Front grisé*

# 鉛の重荷

透きとおった妹　静かな妹
窓のたれ幕で
木の葉のままに廻る　凍てついた人影
道標のない　靄の圧力の下
めざめた繻子《しゅす》の笑い
苔の繊毛には　押し殺されたつぶやき
恐怖の　より濃くなった輪郭たち
お前たちの能力に混ぜ合わされた　運命の刻印たち
船から海へと抛られた　潰え果てた企てたち
蜜蜂たちが喚き合う堅固な台座の上には
己の重量をはみ出た　ひとつの心

梯子《はしご》をあまりに低く登る　途方もない悔恨たち
私は　己のあらゆる想い出に背いた
私は偶然からその操り糸を取り除く
私は砂漠を証人に立てる
そして　立ち去りながら私が破壊したものすべては
私に手招きする虚無の奈落よりも　頑丈だ
しかし　すべては渇望の篩《ふるい》の下
日々の悲しい宿命の中で　通り過ぎてしまった
毎朝　アイロンで引き直される地平線
私をほろ酔い加減にさせる　くぼんだ窓硝子
渇きでも　欲望でも　人は死ぬことができる
あまりに長い間　同じ姿勢をとり続けたことでも
死ぬことはできる

# 緑の森

## 生身の体

起きろ老骨　そして歩け
黄色い太陽の下には何一つ目新しいものはない
ルイ金貨の　最後の最後の一枚
時の薄膜の下を
鮮やかに浮かび出る光
破裂する心臓についた錠
絹糸
鉛の糸
血の糸
この沈黙の波の後には
この　黒い馬毛の上の　様々な愛のきざしの後には

君の瞳よりもなめらかな空
自尊心のため　ねじ曲がった首
すべり溝の中の　私の人生
そこから私には　死の収穫物が波打つのが見える
煙の玉をこね上げる　これらすべての貪欲な手
宇宙の支柱よりも重く
からっぽな頭
裸の心
香水の匂う手
むら雲をめざす　様々なきざしの触手たち
これら数々の渋面の皺の中で
まっすぐな線が張られる
神経がねじ曲げられる
満腹した海

# 愛
# 死の　苦い微笑

*Chair vive*

## そして今は

今夜　泉はない
木の葉の下には果実はない
嵐はあまりに遅くなって治まった
愛も理性も耳には昇って来ない
小路には心から切り離された薄片たち
朝が金箔を張り替えたものすべて
獰猛で苦悩に満ちた夜の曲がり角で
こすり揺さぶり　そして笑う
風のように
区域の上で膨らんだ昨日の風のように
正午頃

囚われた大気の泡たち
破壊された歌たち
あるいは　またしても君を貪り食らい
君の掌を焼き
太陽の平面を貫き通す
つんぼの情熱の塩
誇りの乾いた黒い傷口
唇のまばゆい光の中で
灰の下で　ひとつの悲しみが徹夜する
水晶の戦き
不安定な音が震える
そして　瞑想する
サヴァンナのいがらっぽさで一杯の血の悩みの
焼けつくような樹液によって窒息させられて

瞳の上の雲
　顔の
目のくらむほどの峡谷の上の空のような額
白砂の額縁の中で
刻《とき》の意味に取り戻された　もつれた横糸
欲望の炎の先端たち
憎悪の傷跡
そして人生を引き止めるためには何もない
繰り取られる糸を断ち切るためには何もない
それからざわめきの中に失われたすべての木霊たち
壁の苔の上に跳ね上げられた声たち
残骸の中で　遥かな微光へ向けた網の中では
よじれた熱情の描線たち
そして地平線の糸に吊り下げられたこれらの手たち

あまりに多くの愛のしるし
あまりに多くの斜面の翼たち
雪の頂上から海の泡まで
大気が枝々でもつれるとき
両手の形の中に
ポケットの泉の中に
金と銀がある
袖には精神がある
色が満々と水を湛えて流れるとき
心は目よりもより遠くへ行く
炎が灰の中から再生する
流れる糸と輝く描線の間で
言葉はもはや意味をなさない
その上　理解し合うためにはもう言葉は

必要ない
部屋の最もくぼんだ隅で光がひとつ動く
重い頭が眠りに落ちる
ランプシェードの襞に　翼の先端が沈み込む
すべての記録を破るのは風
急いた波から　扉の閘門まで
空間は黒くなる
窓は塞がれた
心はほとんど消されている
両手には避難場所はない
倒されたすべての木々
胸の最後の渦巻きの中には
　いくつかの漠とした言葉しかない
罠は弛められ

夢の斜面に火が灯る
解放された記憶
空中に失われた悲しみ
越えられた境界
季節の彼方でほどかれたすべての糸が　沈黙の暗い深みで
　自らの回転と口調を取り戻す

*Et maintenant*

# ドライドック

# 断腸

ああ　すべてが終わろうとしている
穏やかな音楽が　泥のはねた壁の上に拡がる
一本の手が　唇の上に
そして甲のないもう片方の手が　さわる
裸の愛が　窓から逃走する
美しい肖像画
皺だらけのシャツで泣く女
この烈しい感情を　かなり上手くとりつくろって
女は泣き　そして自分を呼ぶ天へ向かって旅発つ
水と　生い茂った木々
ヴァイオリンを欠いた愛の絶望

しかし　罠はいつもそこに隠されている
四辻では　手廻しオルガンが
ある夏の宵に
君の哀愁に方向を与えた
かすかな　悲しみ
もう　何も残っていない
友たちは皆　死んでしまった
女たちは自らで　彼らに会いに行った
君は不吉な兆しの下　ゲームに参加していた
君は一体何になるつもりなのか　善人か悪党か
何もなりやしない
私は上着の下に隠された　膚を持っている
後に続く波が　流れ出る
私はそこに　己の微笑を混ぜ合わせる

しかし　屋根屋根の上から君の理性が見つめている
世界は陽気だ　世界は笑う　そして君も笑う
たった一夜にして　私は自分の歳も名前も失くしてしまった

*Crève-cœur*

# 外で

木の二本の枝の間で　泣いている仮面
しらけたカーニバルの宵
動かない瞼から　涙が流れていた
笑いと　苦さと　後悔の涙が

真夜中
すべてが塗り替えられる
新しい一日がはじまる
戻って来た酔っぱらいが
通りの門々で　問わず語りをやっている
つまらない話を

男と一緒に　曙光がやって来る

雨が降る　君の瞼はきらめく
木々が　雨滴を散らしては　舗道を濡らしている
そして私は　君の鼻腔を抜けて　月が過ぎゆくのを見つめている

雲の群れが　くすんだ空の上を疾《はし》ってゆく
街灯の柱にしがみついている人々にとっては
幻想は　甘やかなものだろう
そして　君の厳しい顔つき
仮面が
苦い未来を思って　冷笑《わら》っている

カタカタ鳴る舗石の上を通って

闇が深まる通りの角で
光がひとつ　上方できらめく
何と　静かなことだろう
君を誘い　君を待ち受ける　ねぐらは何処にあるのか
夜は　何一つ裡に蔵していない
　しかし　空は
おそらく君にとり　空っぽの部屋だろう

*Dehors*

## あとがき

本書は二〇世紀フランスを代表する詩人の一人である、ピエール・ルヴェルディ(1889-1960)の代表的な詩作品を集めたアンソロジーである。ブルトン、エリュアール、スーポーを始めとしたシュルレアリストたち、またポンジュのようなポエムーオブジェの詩人たちに多大な影響を与えながらも、その作品の難解さ、神秘性、また彼自身の狷介で孤独な生き方のため、ルヴェルディの作品は長い間、フランス本国ばかりでなく、英米そして日本においても、文学史的価値への評価はともかくとして、その作品そのものが読まれる機会は決して多くはなかった。とくに日本においては一九六九年の高橋彦明氏によるセリ・ポエティック叢書からの翻訳以来、絶えてまとまった翻訳詩集が出版されたことはなかった。今回は高橋氏の偉大なお仕事に敬意を払いつつも、新たにルヴェルディの詩作品を八十数篇、制作年代順に翻訳を試みてみた。まさに四十年ぶりのルヴェルディ詩集である。

ピエール・ルヴェルディは南仏ナルボンヌに一八八九年に生を受けた。彼の家系は教会の石工、彫刻を専門に行う家系であり、彼自身の作品の背後にある造形性、そして宗教性はこの出自と多分に関係していると考えられる。少年期をトゥールーズに学び、ランボーやバルザックに傾倒した後、一九一〇年、文壇での成功を夢見てパリ、モンマルトルに移り住み、印刷所の校正者として生計を立てる傍ら、高名なアパルトマン、「洗濯船」に足しげく通い、ピカソ、ファン・グリス、ジョルジュ・ブラックのようなキュビズムの画家、それからアポリネール、マックス・ジャコブ、アラゴン、ブルトン、スーポーのような詩人たちと交流する。一九一五年に公式の処女詩集となる「散文詩集」を上梓、その後キュビスムの理念を詩作に応用して、「楕円形の天窓」(1916)「屋根のスレート」(1918) など重要な詩集を次々と出版していく。またこれと並行して、一九一七年に未来のシュルレアリストたちに発表の機会を提供することになる詩誌「ノール・シュド」をアポリネールやジャコブと共に創刊し、その主筆となる。この詩誌の実験過程で、装飾過多な言語表現を捨て去り、一九世紀の象徴詩との訣別を図る。翌一九一八年にはこの詩誌を廃刊し、一九一九年、ブルトン、スーポー、アラゴンらと共に新たに「文学」誌を創刊し、シュルレアリズムの先達としての注目を浴びるようになる。ところが彼はしだいに若きシュルレアリストたちと距離をおくようになり、一九二六年三七歳のとき、突然パリを去り、サルト県ソーレム村に隠棲する。ここにはベネディクト派の大修道院があり、ルヴェルディもまた修道僧としてカトリックの信仰生活に入ろうとした経緯がある。しかし宗教者としての生活は長続きすることはなく、同ソーレムの地で亡くなるまで三十四年にも及ぶ時間を孤独な一隠者として生きることとなる。しかしこの間「風の泉」「屑鉄」「死者たちの歌」などきわめて重要な詩集の数々が生み出された。また、長年に亘りファッション界のカリスマ、ココ・シャネルの恋人かつ友人であり、その心の大きな支えであったこともまた、この孤高の詩人の意外なもう一つの側面として銘記しておかなければならないだろう。

ルヴェルディの詩の特徴はブルトンのシュルレアリスム第一宣言において引用されたそのイマージュ論における有名な言葉「イマージュは精神の純粋な創造である。それは比較することから生まれるのではなく、多少とも隔たった2つの現実を接近させることから生まれる」（ノール・シュド13号）に端的に表れている。それまでの詩が、いわば「類似物の比較」によって成り立っていたのに対して、ルヴェルディはこのイマージュ論において、「互いに隔たったもの同士を接近させること」によって詩的な火花を生じさせるのが新しい詩のありかたであると主張している。例えば「小川の中には木の葉がある」であれば旧来の類似による詩作であるが、ルヴェルディは「小川の中には流れる唄がある」“Dans le ruisseau, il y a une chanson qui coule” と歌うのである。「小川」と「唄」の間には常識的に考えて何の類似性もない。しかしこの二つのイマージュが「流れる」“coule”という動詞で結び付けられたとき、一種の驚異に満ちた新しい力動的なパワーが生じるのである。「舗道の上で鈴が夜を鳴らす」“La clochette tinte la nuit sur le trottoir”や「空が額に皺を寄せる」“Le ciel plisse son front”の場合でも同様である。隔たったイマージュ同士が見事に接近させられたことで、特異で驚きに満ちた詩的世界が作り出されていることが分かる。ルヴェルディは先ほどのイマージュ論の中で、続けて次のようにも言っている。「接近させられた二つの現実の間の関係が隔たっておりかつ適切であればあるほど、イマージュはいっそう力強いものになるであろう。イマージュは感動的な威力と実在性を持つであろう」と。彼はこの詩法に基づいて、数多くの、これまで存在したことがなかった全く新しい詩作品を次々に生み出していく（同時代の後期サンボリストたちの諸作品とルヴェルディのこの時期の作品とを比較してみることは大いに興味深いであろう）。シュルレアリストたちはこのような革新的な詩法を編み出した先達ルヴェルディを「現代の最も偉大な詩人」（ブルトン）、「現存する最大の詩人」（スーポー）などと言って誉め称えた。実際その後のシュルレアリストたちの自由奔放なイマージュ造形による詩作品を考えるとき、このルヴェルディの編み出したイマージュ論がいかに革命的であったかが分かるだろう。しかし、ルヴェルディ自身はブルトンとその仲間たちのように、自動書記（オートマティズム）を使った、イマージュの「偶然な」接近による詩作を行うことを容認することは決してなかった。彼にとってはあくまで、イマージュは「精神《エスプリ》」によってその関係を適切に捉えられていなければ優れたポエジーにはなりえないのだ。「非常に隔たった2つの現実の自発的な接近は、精神のみがその関係を把みうる」と彼はその詩論集「馬の毛皮の手袋」ではっきりと語っている。この「精神」によるイマージュの統御という点が、ルヴェルディとブルトンたちシュルレアリストを隔てる一番の相違点であろう。彼の詩作はソーレム隠棲以降、よりはっきりと精神によるイマージュの制御の方向へ傾いていく。彼の詩世界のイマージュの全ては一見偶然そこに乱雑に散りばめられてあるように見えて、実は詩人の周到な精神のコントロールの下に管理されているのである。ルヴェルディを語る上で一番注意しなければならないのがこの点であろう。彼はシュルレアリズムに限りない可能性の道を与えながら、自ら自身はポエジーを「偶然性」の手に委ねることは決してしなかったのである。

ともあれ、ルヴェルディの詩集を紐解いて、誰もが感じる最初の印象は、そのイマージュの限りなく自由で伸びやかな飛翔感、あるいはその反面、白昼夢のような影の領域での迷宮眩暈であろう。いずれもルヴェルディが作り出した世界であり、また彼以外の誰にも作り出すことの出来なかった独自の世界である。南仏ナルボンヌの光と影がくっきりと対照的な風物や、パリ、モンマルトルの寂れた裏通りのイメージを重ね合わせるのも宜しかろう。読書子がこの訳詩集の中でそれぞれお好みのルヴェルディと出会って頂ければ、訳者としては望外の幸せである。この本を作る上で、ご多忙にも拘らず常に惜しみないご助言とご協力を頂いた詩人、フランス文学者の村松定史先生、この仕事を行うきっかけを与えていただいたフランス文学研究家吉澤典之氏、そして私をポエジーの道に導いて下さった、故辻邦生先生、故石井美久先生に深く感謝する。

二〇一〇年四月佳日

佐々木　洋

## 叢書版あとがき

「ピエール・ルヴェルディ詩集」が世に出てから早くも十年の歳月が流れた。この間にどれだけの方がこの本を読んでくれたか、またどのような感想を抱いたであろうか…訳者としては全く知る由もない。ただ最近SNS上で“Poésies Pierre Reverdy”というフランスかイギリスの詩を愛するグループが、ルネ・シャール、ボードレール、ランボーらの作品と共にルヴェルディの詩作品の数々の朗読を、凝ったアヴァンギャルドな映像とシックな音楽付きで載せ続けている。その死後60年が経とうという今でも、彼らにとってはルヴェルディの作品は、魅力的な「同時代」の詩《うた》なのかもしれない。

この度七月堂店主、知念明子さんの優しいおはからいにより、ルヴェルディ詩集の叢書版が出ることとなった。持ち運びやすい小型版でしかも廉価になったことは訳者としても喜ばしいところである。

知念さんと、この企画の実行に携わって頂いた七月堂のスタッフの皆様には心から御礼を申し上げる。

ところで、私の中では今でも、初めて出会った頃のルヴェルディ詩のこのような一節が時折鮮やかに蘇ることがある。

すべてのひなげし　それとも　女たちの唇
　　　空に照り映える
雨が降った
子供たちはびしょ濡れだ　舗道の上
そして通りの波
ろうと型の街

横顔から　一日が夕陽へと滑りゆく…
（「言葉が降りる」より）

二千二十年五月、鵠沼望汀庵にて

佐々木　洋

使用テキスト

Plupart du Temps I Poesie Gallimard
Plupart du Temps II Poesie Gallimard
Main d'œuvre Mercure de France

参考文献

Le Gant de Crin Flammarion
Le Livre de Mon Bord Mercure de France
"Nord Sud" No.13
"Premier Manifeste du Surrealisme" André Breton
Pierre Reverdy (1889-1960) Mercure de France
Selected Poems Selected by Mary Ann Caws Wake Forest University Press
Selected Poems Translated by Kenneth Rexroth Cape Editions
「ピエール・ルヴェルディ」高橋彦明訳　セリ・ポエティクⅡ　思潮社

# 作品目次

## 訳者　佐々木洋（ささき　よう）

詩人、詩訳家

酒田湊生まれ。
早稲田大学政経学部を経て、学習院大学仏文科大学院修士課程修了。
詩誌「ZONE」主宰
著書　詩集『北西風』、『汀にて』、『エレゲイア』


ピエール・ルヴェルディ詩集

発行日　二〇二〇年七月二〇日
著者　ピエール・ルヴェルディ
訳者　佐々木洋
発行者　知念明子
発行所　七月堂
東京都世田谷区松原二—二六—六—一〇三
電話　〇三（三三二五）五七一七
FAX　〇三（三三二五）五七三一
印刷　タイヨー美術印刷
製本　井関製本



ISBN978-4-87944-410-3 C0098